U0501430

钻火

吴锦雄 著

长江出版传媒 长江文艺出版社

目 录

今天的每一缕阳光都被命名

阳光是线状的、方块状的，还是圆形的
波浪一般把我淹没
把我拥抱在新年的晨曦里

2022 的老虎跳过时光的间隙
在岁月的壑谷里
万物都透着光，浸泡在时间的深潭中
被阳光月光反复交替映照着

今天的阳光都是甜的
美好的祝福和灿烂的笑脸
无论昨晚是多么黑
今天的每一缕阳光都是透亮的金光
如一个火炬，把万物点亮
今天的每一缕阳光都被命名

羽绒一般的阳光
蜜糖一般的阳光
打击乐一般的阳光
把万物的名称都加上了一个春的前缀

2022. 1. 1

风雪夜中人

雪一直在飘
风疾急
树林密
风更急
她没有来

雪一直在往上飘
一个晚上
没有落下来

2022. 1. 1

旧日的夕照

阳光丝丝缕缕地透析着空气
旧心事和新日子已经不可融洽
我不再重复旧的夕照
让所有的新生和晨曦一样焕彩

一切都是新的
别再用那么多传统习惯束缚成长
我不会长成一个旧盆景
不会再长成那么多人喜欢的模样

葳蕤，蛮荒，一切野生的节奏
就是无韵的音乐
未经雕琢的玉石
生命本来该有的形态

我在晨曦中，隔着一块幕布
只是不经意回望了旧日的夕照
一眼

2022. 1. 3

烟火人间

炉火点起来
家就温暖了
那机器不停息地抽风
还是有着淡淡的油烟

半夜归家
总爱在楼下仰望那扇窗
那蜂窝一样透着橘色的阳台
心就暖和着

一杯热茶
一盅糖水
一套叠得齐整的睡衣
在家的洞穴里
我关上洞门，卸下盔甲
细嗅那丝缕温暖的人间烟火

窗外的黑，生活的冷
远行跋涉的重负与孤独
在炉火中化为灰烬
火苗在一直努力向上蹿

2022. 1. 5

孤　独

孤独是丢了钥匙的锁
是高山上不化的雪
是雪地里跛脚的老狼

开在高山上的雪莲
扔到山谷的钥匙
狼啃剩下的白骨

孤独是王
不可侵犯
又不可比拟的悲怆
和宣布罢黜了王的宦官一样
至上权威，又战战兢兢

2022. 1. 5

书　法

简单的变得异常复杂
书写成了法
自然就神乎其神
书中有神、圣、仙
自然云里雾里

我心写我心
循道不拘于道
书者笔之行也
字者墨之形也

方块的堆砌
情感的韵律
线条的飘舞
墨池溅起的飞燕
笔下疾跑的马群

一笔一画
一泻千里
都是古今不解的偈语
都是修书者破不了的壁

2022. 1. 6

春 节

今年的鞭炮都是哑巴
一个孩子凝望着村口的站台
人来人往

把时钟拨转了 N 圈
进城的爸爸还是没有出现
站台是倾斜的，溅湿了眼帘

他说，我不穿今年的新衣
我想把春节留着
等爸爸回来一起过

2022. 2. 9

春　光

花蕊是春天的唱针
它屹立在空灵的唱盘上
季节是一曲缤纷的音符

鞋子上沾着草绿
春在脚底、头上、身畔绽放
那绿、那五彩在天地间蔓延
如一打翻的色盘，不可自控

猫在夜里开始号叫
蜜蜂迷途地跑到屋里来了
春天让万物的荷尔蒙失调
眼睛昏眩得事物恍惚

泡一杯往年的春蜜
滋润我的焦躁
春天一次次赠以我激情
和一年年丰收的希望

2022. 2. 9

夜　空

有一些爱，让人哭泣
情感是条拉链
撕裂中，远离

你走了，星空就暗了下来
黑暗把胸腔压得淤堵
执着笔，无从写起
纸的孤独
一片空白

想写诗以求宁静
大片大片的灯光在熄灭
时间凝固在夜的半空中

2022. 2. 10

扦　插

这座城的楼房、树木、行走的人
都是扦插出来的
密密麻麻堆垒起繁华

陌生的丛林中，每个人都想称王
狩猎与被狩猎之间
城，更像一座城

楼房刺穿天空
金鱼天真地鼓着大眼睛
鲨鱼无声地张开大口
没有形状的血腥在空气中燃烧

2022. 2. 11

梅　花

故乡开来的梅花也好看
村里的小芳也漂亮
思念总是有思念的人事
只要想惦记
就总有好多抛弃不了
一张网，没完没了地往记忆的岸上拉

旧屋有新婚时的女儿红
儿子出生时的月子酒
还有我初出江湖拎回去的人头马
都是好酒，都有一箩筐的故事
都会上头

酒未酌一盅
已酩酊大醉
仿若初生在襁褓里
满脸红光

2022. 2. 13

春 日

阳光的舌苔很厚
淡淡的黄色，没有什么温度
仿佛蕴久积了的温热

踏在绿色裙摆上
我有点胆怯
害怕自己不够温柔
粉蝶惶恐地散飞而去

地下的荷尔蒙都拱出来了
各自逞能般展示生命的本能
时间发酵得绵柔酥软
我接连打了一个个盹

美好的日子总是让人慵懒
麦芽糖一样慢慢咀嚼
牙缝里融化丝丝甜甜
你的眼梢
给了我轻佻的一瞟
仿佛春风轻拂过我的脸庞

2022. 2. 16

看 云

云是家乡弯弯曲曲升上去的炊烟
傍晚时分，它就红了
火炉里的木、竹竿、稻草
焚烧起日子的晚餐

羊在家乡的山坡少见
而云中群羊涌漫
难道老乡们也养起羊来了
那块厚重的碧蓝
应该是村口那池塘

飘忽着棉花糖
我爬翻过黛绿群山之峰
走过大河，漂过海洋
它一直在我前方，头顶上

而故乡的云
已不知不觉地沉入水底

2022. 2. 18

雨　夜

我是一枚蚕蛹
结茧在水泥的躯壳中
把孤独当成盛宴

今夜，看不到星星
絮絮叨叨一整天的雨
滴答种满街头的马尾草脸上

结茧是日子的宿命
过去未来都在透明的屏障中
回不去的家乡
繁华而又不甘的当下
现实是个坚不可破的茧

雨是天空透明的翅膀
簌簌往下掉
而后，失去自己，汇成一片
在低处轻泛亮光

2022. 2. 20

旧风衣

衣兜里还有谁的
一缕温柔
曾在寒风中
英姿勃发

老去的东西
总是残留着
一些情感
让抛弃的那刻
泛起波澜

日子一个个在相互告别
邂逅一个个簇新的陌生
也都在旧去
从遇见的那一刻起

2022. 2. 21

石　头

一万年才成就你
坚硬，突兀，锐利

而学会柔软
你需要的却
不仅仅是时间
还有那可遇不可求的
机缘

不过
只要你经历过
足够多的年月
你就知道自己将
日趋圆润

2022. 2. 22

一个人的盛宴

生命的孤独，就是
一个人的盛宴
无可选择的出生时间
地点，父母，兄弟
还有肉身

而后一个人饕餮时光
吞食生活的给予
成长乃至衰老
都是自己的事情

一个人的盛宴
自己用筷子
数点生活的悲欢
离合的哭笑
默默下咽
长成当下的自己

一个人自斟自饮
一个人自敬自罚
一个人醉倒
一个人清醒

2022. 3. 8

低　头

胜败的距离是那么的近
就如硬币的两面
背靠着背

低头，是一个安全的姿势
就算是推杆，你也要记得低头
眼前的成功和兔子一样
稍纵即逝

看天地间
水遇上水
光遇上光
云遇上云
相互碰撞，相互伤害，相互融合
水中分出水
光中透析光
云中拣出云
都是不可能的事
万物都是混沌的一体

我是你，你是我
你中的我，我中的你
成败，悲欢，离合

黑白，生死，兴衰
都在交媾中诞生

我在生活中学会低头
能多低就可抬多高
低头，就算是推杆

2022. 3. 8

夜莺还是叫得欢畅

巍颤颤的荷叶上的水珠
晃晃悠悠，不知道要跑向何方
仿佛这夜空，不知道明天向哪走去
莫测在叠加，如夜色走进更深的夜色

窗外的树宁静如昔
它们知道这世界总是有些事情发生
好的，坏的，欢喜抑或悲痛
而夜莺还是叫得欢畅
没有什么人间疾苦可以
锁住它的歌喉

夜看不见星星
看不见月亮
所有的看不见
也无法让我怀疑
明天的太阳照常升起
今夜，夜莺还是叫得欢畅

2022. 3. 16

春 分

一道光，直线切割
南北半球的白天黑夜
一个节气，反复来去
如人世间
如喜哀均等的人生

阴阳盈于天地之正中
春色在雨水的点染中
漾开成一幅青绿山水
天地是一张宣纸
弥漫七彩的颜色

生活面相狰狞
而百花照常妩媚绽放
而所有的来临都会远去
如那些人，那些事物
那些幸与不幸

2022.3.20

绿色是春天最美的入口

你踩到绿了么
那些萌动、上拱、舒展的绿
一个个晨起躁动的梦
绿的潮汐汹涌上沙漠

蜜蜂茸茸的触足
撩拨花的雄蕊雌蕊
百花爱情的粉妆
装进春天的巢穴

杨柳低眉，桃花轻佻
梅雨絮絮叨叨
醉酒的画家豪放
把石绿、墨绿、汁绿全泼上画卷
而后，酣然入梦

醒来，绿色已漫溢眼眶
绿色是进入春天
最美的入口

2022. 3. 21

老人言

越年长，回乡说话越小心翼翼
特别是在小孩老人面前
三叔公嘟嘟囔囔地向我招手
我蹲在他膝下侧耳恭听

你开了个什么铁甲车回
有那么远吗，那么麻烦
当年你堂伯赤脚都跑到了暹罗
大箱小包的拿什么
不要那么琐碎
看看，到处都是包装盒垃圾
我年轻时腰扎一红浴布就走了四乡六里
到处装电灯电泡，没用啊
以前我们家一个洋油灯就照亮整个打谷场
看看现在的年轻人，日晒屁股还没起床
以前鸡一啼，都出村干活啰
你别那么多名堂
你还不就是二狗子嘛，呵呵

我频频点头，想想
还真的是

2022. 3. 22

春天里

蝴蝶翅膀的扇动是危险的事情
植物生殖的欲望被蜂蝶搅在一起
混沌在空气中
催情剂一样让万物骚动

春风和幼时的麦芒一起刺探我的鼻孔
我在这个春天里打了一万个喷嚏
微微翕动的鼻翼潜伏着一个森林的蚂蚁
用蚁脚不停歇地挠拨我的神经
鼻子里的抽水机也停止抽泣
失压的水哗哗直流

这个春天有点伤感
仿佛我不以这样的痛哭流涕
无以言表我的悲伤
而我再怎么警惕
也提防不了蝴蝶的翅膀
提防不了这猝不及防的事故，还有人心

2022. 3. 24

回南天

春天这个江南女子的吴语
可以攥出水来
那阳光、绿草、花瓣
就连那云，都是抓一把
就是流水，再抓一把
还是流水

房子的四壁都是不断下滑
透明的水珠
那春风就是浩荡的细雨
你看不见雨点，却就黏附在
万物之上，润湿，潮热

石头上的种子都在发芽
所有旧事物的躯壳迅速腐烂
新生在温湿的春天里勃发

我伸出双臂
在春风里抓了一把
还是流水
我的手臂不长出新芽
就会在这春天里腐烂

2022. 3. 26

影子和我

影子和我每天相互拉扯着
直到熄灭的夜晚才消失

生活的咬噬
水的溺亡
纸的利刃
都是防不胜防
都是常的无常

爱与被爱
草原、森林，还有城堡
阳光里，黑暗中
都有锐利的獠牙、冰凉的铁、滚热的血

在这城，这夜，这时辰
默默地告诫自己
多看童话，少存幻想

2022. 3. 26

被爱时，男人像个小孩

年轻的时候，风吹过
都以为爱情来了

春天里的花，容易开也容易谢
所有的果实，都还是青涩的
我把爱情当作成熟的花开
而花开了又败，果实也没有一枚

肩挑起太阳、月亮
行走在大地间
男人已经沉默如大山
偶尔，仰首望望蓝天大海
生活成一座塑像

在她面前，男人就是一个孩子
生活举重若轻，日子天真烂漫
共迎朝霞，坐看云起
细数星星，以观天象
把自己过回幼儿园的模样

2022. 3. 26

风吹过

花是如何盛开的
花药，花丝，花蕊，花瓣
有序地债张
草木的爱情高举
向阳地清晰生命的曲线

风吹过，就是春天
就是温香语软的江南
风吹过，花儿落满南山
白雪皑皑茫茫

不同的季风中
一朵花看着另一朵花
在旋转的气体中
走进命运

你一句你好
我就走进童话
你一句再见
我就回到塞北的冰天

2022. 3. 29

角落里

我一某牌子的衬衣
彩色的纽扣被她像摘西红柿一样
摘下放满小篮子
然后齐茬茬工整地
用白线钉上白色纽扣

她是那么认真，也那么欣喜
如在乡下小丰收一样
把衬衣在我面前抖落着
像个孩子的样子
我看着，欲言又止

那件衬衣
我一直没有穿
就那么齐整整地挂着
挂在衣柜里的一个角落里

2022. 3. 29

无 题

文字是一条河
从我的身体流过
没有残留

岁月遗忘了的
河水知道

2022. 3. 29

光透过交织的藤蔓照亮了我的命运

往事在翻耕多年的田野
活过来
村里的小庙还在
已经几十年
它没看过我
我也没看过它

在南方，水稻、爪果、野草、藤蔓、灌木、松树、桉树
都在野蛮生长
温湿的岭南
要么生长，要么腐烂
命运只有这两个选择

在群山中走出群山
在泥地里挣脱泥地
天空有一枚红色的金币
引领我跋涉过苦难与沉痛
在蔽天的密林，交织的藤蔓荆棘中
诗歌如一道光照亮我的命运

泥土的胎记印满我的肌肤
看我的乡音，多像我的乡音
泥土还是当年的味道

我的孩子很像当年的我
我如麦田翻耕开的蝼蛄
在田野中仓皇四窜

我还将离去
洗不净脚上的黏泥
我还将归来
扎进生我养我的地里
长出最郁绿的麦苗
长出最饱满的诗句

2022. 3. 30

俗 人

剃度了的和尚
清点着香火钱
硬币、纸币，面额小的、大的
齐茬茬一大摞的，一小张皱巴巴的
清点着不同的人生

两个人对话
一个说，看到和尚把钱币锁进保险柜中
另一个说，你操这心干吗，反正你的钱已经给了菩萨

2022. 3. 31

钝　刀

我已经没有刀锋
阳光炸开花朵
鸟儿净空树林
水滴锯断石头
夜风敲打月光
我视而不见

智齿撑起劲鼓鼓的腮帮
颅顶稀松的落发
皱纹镂刻上脸庞
一颗心脏跳得战战兢兢
我也视而不见

当刀口长满红色的花朵
哪怕用舌头反复舔舐
用口水唾吐在面上
深圆的身体，到处软绵绵
我是一截冰凉的铁
没有温度，没有表情

我知道当日常充满着无常
而无常就是日常

2022. 4. 1

瞩　望

再繁华的城市
也比不上有你的空巷

一棵树瞩望另一棵树
在彼此的视野中
相视，对语，会意
一辈子无法靠近
彼此的爱要么随云彩飘忽
要么低落到根部的杂草

彼此都不会弯腰，移步
只有高傲地仰望天空
树的爱情是悲哀的

无数次擦肩而过
而我知道，我们都是树
只能在沉默中咽吞悲哀
彼此凝视

2022. 4. 1

清　明

一场经过
或是一具血肉
在山南水北的泥土中
消解

石碑上勒痕斑驳
岁月有的是耐性
水滴中没有不朽
都是模糊的符号

燃烧过的生命
近一个世纪的沉重
此刻变得轻飘飘起来
翻阅族谱
测基因序列
长长绳索中的一个结
就是人类最古老的叙事

纪念，缅怀，都有些形而上
而内心的情感像一根火柴
轻轻一擦
就点燃了冲天火烛与漫天烟雾

2022. 4. 5

放 飞

在高山之巅，我捧一捧落叶振臂放飞
叶子在视野中翻转滑翔而去
消失
我固执地相信
落叶能在大自然中重生
红尘中一个人
可以一尘不染

剃刀是古老的舌头
柔软地把俗世的血泪
怜悯地舔舐干净
纷纷散落的青丝
与世无争地堕落

在风中，万物起飞
万物堕落
风也把自己放飞
在空寂的天地间
成为一个飞翔的标本

2022.4.7

安 眠

向着阳光奔跑
想把阴影甩掉
停步就被阴影
吞噬

深夜里，静默地
把心掏出来
反复端详良久
才安然入睡

2022. 4. 10

荒　原

把生命抛在没有希望的一隅
一切都是那么的邈远
荒野中的领头羊
还在前行，仿佛
它的嗅觉闻到千里之外的水源

我的膝盖上有好多伤疤
都是少年狂奔的馈赠
假如知道世间有那么多坎坷
谁还会那么无畏奔跑

多年以后发现
活在山坡上的
都是固执的羊
在荒原中，一步一步向前
接近绿洲遥远的风信

2022. 3. 15

夜　行

汽车是急躁的动物
高速更是挑衅的好手
循光而来的飞蛾
被撞得肝胆俱碎附在车前灯上

今夜我在疾奔
高速路上的白线
秒飞进我的车底
它前行的速度和我一样

赶路的人看不到
头顶的星月、飞掠过的风
两侧都是模糊的黑影
从我的眉梢眼角滑去

一次疾速的夜行
就是中年的人生
奔赴最亮的高光
而那路，那夜的黑
只有走过去了才知道

2022.4.16

城里的夜

没有蛙鸣，没有虫叫
计算机的吟唱，汽车的胎噪声
都是混沌的嗡嗡响
稀疏的霓虹还在跳跃
也阻不了这夜大面积的荒芜

洒了几十年热汗的
街面上，黝黑昏暗
庄稼般疯长的楼房
把人赶进一个个盒子里

绿了一遍遍的茵草
收割着郁绿的青春
一个梦遏制着另一个
交织成梦的乱麻团

我在梦中睡去
又在梦中醒来
凝视漆黑的上空
我知道明早我还是要早起

2022. 4. 18

谷　雨

雨生百谷，土膏脉动
浮萍生，布谷鸟叫
桑树上戴胜鸟上下跳跃

寒流远去，雨水绵密
空气氤氲，味蕾苏醒
赏花，摘茶，吃春

水孕生五谷
一个鲁莽的孩子
在多雨的青春奔跑
抵御湿邪的侵扰
奔跑着十七岁的雨季

2022.4.20，是日谷雨

鸟　鸣

鸟儿叫得越来越早了
把我从一个梦中
带入另一个梦

我反复梦到自己
在森林中迷失
在走出森林时醒来

黎明前的黑暗中
此起彼伏的鸟鸣
把我悬浮在空虚的天地间

森林中崖壁的清泉
散落玉盘上
一串串银铃声
在耳蜗内回荡

2022. 4. 21

盆　景

一把刀剪从不同的方向
反复挑剔地修剪
审美如一只瞌睡的猛虎
啃咬出一个病恹恹的西施来

陡峭，突兀，乃至清寂
把生机，火气都抹杀掉
用一小撮翠绿去唤醒
整个盘根错节、虬龙轻峰的画面

几朵墨绿的火焰
跳跃在枝条间
如一首空灵的诗

今晨发现盆景枯死
或许，它宁可自断根脉
也不活在别人的期望中

2022.4.21

谎　言

用酒精勾兑出来的夜
在昏沉中迷失

我走不出一个台灯的照影
夜是那么的无垠
又是那么的狭小
逼仄得窒息

门是一个隐喻
打开，关闭，半掩
都是一个世界
世界切割成无数个世界
无数个世界组成一个世界

迷失，不是因为夜
不是因为酒精
仅仅因为我自己
打结的舌头圆不了谎言
在夜里不经意的一怔

2022. 4. 23

一听酸奶

打开窗也不能把夜
请进来
我在回放
白天的片段

月光如早晨的牛奶
而夜晚发酵得有点酸败
我极目所向
远的更远
近的更近

日夜如反复倒置的沙漏

我与时光
一起奔跑
走失在一个个故事间
所有坚硬的事物
在时间的醋坛中浸泡
都在慢慢地柔软

2022. 4. 24

棒棒糖

书房如一装满食物的冰箱
一半保鲜，一半急冻
因为有了冰箱
不急于食用，还在继续采购

小时候，一根棒棒糖
总是忍不住舔了舔
又急忙忙地包起来
而我和糖，都是难熬的一天

或是少年的饥渴
我对食物有着强烈的欲望
书房堆塞得满满的
好像把书放进书房
就可增长我的智慧

如再装修房子
不要书房，不要冰箱
还是和小时候一样
只有一根棒棒糖
彻底地把它舔干净

2022. 5. 3

体 检

呼气，吸气
自由呼吸
CT 的床是波浪上
漂泊无依的小船

身体是岁月的记事本
世事锯子一样在身心上
来回挫磨
习惯和脾气，还有劳累悲喜
都在五脏六腑留下印记

我的血液里满是月光
也阻不了脂肪的渗入
身体里有些许的碎石
还有那高亢的几个向上的箭头

向上的箭终会落下来
针砭药石尾随而来
我要奔跑成一道闪电
瞬间照亮人生的下半场

2022.5.8

对于孤独，我也已不再害怕

今天的天空像刚洗过
白云和我一样自由
在阳台上徜徉

死去多年的蛇活过来攻击我
有些骨头深埋地下
还总是嗞嗞地向上冒磷火

所有在乎的事物都可以折磨人
无所挂碍是空
求无所挂碍是执
对于孤独，我也已不再害怕

天空洗过又变脏
宏大的空白被填满
叠加，直至漫溢乌青
正如尘世中的人心

2022. 5. 9

等

都说今夜暴雨
世界已做了准备
我在黑夜的中央静候

空气越来越重
城市如一个绽放的花蕊
直面一场洗刷，灌溉，蹂躏

雨还在云端安坐

夜莺还在尖叫
我也已飘飘然
如坐云端

2022. 5. 11

暴雨是城市没有耐心的卸妆

有一种雨是红色的
气象台给透明的雨也贴了标签
城市在雨的缠绕中挣扎
湍急的河，大街上的旋涡
楼房的外立墙淌着垂直的水帘

暴雨是没有耐心的卸妆
乌云压到地面
洗去尘埃，洗去广告纸
把玻璃幕墙也洗了下来
一不小心把楼房的脸皮都扯了下来

一座城是不断冒泡的药罐
红色暴雨是另一种炭
煎熬着奔走的生计
城市的血管
连着多少惶惶不安的心

2022. 5. 12

是谁把我的诗集翻起

一页一页地掀开
纸和空气摩擦，沙沙沙地叫
无数个我迷失在过去
我在此岸呼其不出

凝固在字与字的结构中
无法拆散，无以消解

我的诗集如漂流瓶
随陌生的河流而去
谁遇到或捞起
打开，都是偶然

某天，它遇上我
一如时光拂过的尘世
一如失散多年的父子

2022. 5. 19

凝　视

久久地凝视一棵树
树叶没有动
地上的影子却乱了
又没有风

我的眼睛没有动
每片树叶都揣着
绿色炸药
随时把春天轰醒

有一个人凝视我
大街上的监控头
天穹下的轨道卫星
还有天空的大眼眸

2022. 5. 20

谁把我写的诗诵读

夜莺把黑夜吟唱
晨曦把太阳呼唤
谁把我的诗诵读
把我的胸腔掏空

诗是一个签押了的口供
对过去的一切供认不讳
当唇齿开启
诗的城堡
沦陷，我与世界
没有篱栅

谁把我的诗诵读
用气流把它推向空中
在人世间开启
颠沛流离的旅程

2022. 5. 21

啄木鸟

城市的躯干平躺

啄木鸟反复敲击

地壳的胸腔

旧的家园纷纷崩塌

用啄支撑身体，有力地抓住树干

快速移动，向上跳跃，向下反跳

或者向两侧转圈爬行

黄昏咽下最后一抹红霞

笃，笃，笃

啄木鸟却未归巢

就那么敲一整个夜晚

直到露珠映照出第一缕晨曦

建筑如积木在一夜间拆散

又一夜间重新矗立

一只夜莺飞过

不敢歇落

远方的啄木鸟也发出回应

夜空中的共鸣

特别响亮

仿佛从地壳中传来喧闹的欢欣

2022. 5. 29

曹操是个恋乡的汉子（组诗）

阳光依旧照耀碣石山上的巨石

从海平线上，红色的句号
浮起，一个优美的抛物线
始终，一个日子，一千多年
多少红色头颅浮起的过往
阳光依旧照耀碣石山上的巨礁

挥鞭碣石，槊指外番
征战辗转，收整书籍
文功武治，旷世英豪
涡水之滨，命子赋篇
曹氏父子，撑起建安

越千年
兵燹魏武保青编
建安遗篇多经典
乱世，乱为平乱
杀戮，为救苍生
是非成败
毁誉由人

渤海的大陆架

山岛还竦峙否

涡水之滨高树荫下

微风依旧吹起三国演义

阳光照耀碣石山上的巨礁

照耀着苍穹之下的大地

白脸的曹操，是史册上绕不过的巨石

2022. 6. 11

三曹屹立

三曹皆遇水而生诗情

《观沧海》《临涡赋》《洛神赋》

都在水边诞生

随着一句东临碣石

诗歌被带进一个言志的语境

彼时曹操已五十有余

而其目光所及，却达日月星汉

句句写景，却也句句抒情

胸罗环宇万象，直取万里江山

二十五岁的曹丕用马鞭

在地上写《临涡赋》

高树绿荫下难得冲天志气

天妒英才仅年寿四十

临涡之赋仅为昙花一现

子建之《洛神赋》善对偶，辞藻华丽
喜铺陈修饰，重于饰而弱于意
如其人任情，放纵不羁
文着墨于虚无缥缈
身固在贫瘠的封地上
食野菜，披皮毛，饥寒备尝

三曹之背影
越千年而清晰
涡水之福田
孕建安之风骨
春水繁兮发丹华
幸甚至哉歌以咏志

2022. 5. 24

孟德观海

操是跃上爪黄飞电抑或绝影之背
已无可考证，挥鞭把日月星河
山海岛屿都入诗来

洪波起涌的胸腔
瞬息间无垠澹澹泛开
日月星辰连同银河
都在胸腔之中喷薄而出

诗句如檠一挫一挫

海，山河，苍穹

深入碓石的风骨中

神驹迎风嘶啸

吞吐洪荒，包蕴世界万千

公元 207 年之秋

孟德登临碣石

从此在历史的云烟中升起

建安的旌旗

如突兀耸立的山岛

劈裂时光的骇浪

2022. 5. 23

以鞭为笔

用马鞭写在地上的诗

1809 年后还在风中流转

涡河岸边的泥地柔软

高树荫下的时光透亮

涡水螺旋式下陷

是一个幽深的怨眼

风起而愈深愈急

丕视而不见

水草丰茂如树木丛生

鱼展翅翔而鸟击长空
关关和鸣兮阴阳交媾
美好在涡水之滨灿烂映照

化剑为犁，以鞭为笔
彼时，丕是儒气祥和的书生
春水的沛溢让两岸红花怒放
也让洪波横流苍生流离
诗人的心只看到美好

涡河弯弯曲曲
历史不断回眸
丕于树下执鞭而立
身影孤单而又清奇

2022.5.23

涡　水

在历史的旋涡中
每一个人都只是一条鱼
哭是没有人看得见的
泪水就是河水

史册是闪烁着阳光的河流
把一个个鳞片闪现出来
我们臆断拼凑出一个不完整的鱼

鱼的跳跃、悲欢，都是思想映照的光影

在波光粼粼的海
英豪的胆汁潮奔回流
惊空拍岸
而大片的水稻抽穗灌浆
年复一年
喂养喜怒哀乐挂在脸上的
芸芸众生

2022. 6. 8

曹操是个恋乡的汉子

亳州的地下城
带我们弯弯曲曲地走进三国
兵火烽烟，战乱不断
火，血，铁蹄叠印在土地上
曹操纵横天下，奔突辗转
而亳州的父老乡亲
却是他脑壳里最痛的虫子

史学家说地下城是为运兵
而我固执地认为
是曹操为了保全亳州的父老乡亲
经纬交织，纵横交错
地下一层又一层

曹操把父老乡亲藏在深深的心里

扬鞭横槊，马踏塞北，直抵辽东
纵横天下，征战四方，所向披靡
都是绝影浮光
唯在涡水
挖下数千米的荡气回肠

在时光隧道中
与曹操目光相碰
乱世英豪的眼光是那么柔软
直接垂坠在幽暗的地道间

2022. 5. 9

对　饮

王的心都是孤独的
白脸在酒醉后会改色么
酒总是释放了英雄的豪气
曹操在酒气中冲进
三国的狼烟

爱酒的男人都是可爱的
喝酒，酿酒，献九酝春酒于帝刘协
金戈铁马，血洒沙场
唇齿留芳，杜康解忧

在冷兵器的火拼中
喝的是热血，喝的是豪情
喝的是偾张的狂放

酒壮英雄胆，煮酒论英雄
征讨四方，结束割据，独踞北方
外降南匈奴、乌桓、鲜卑
曹操一身酒气对月而饮

饮马长江，酒奠长江
皓月下，《短歌行》横空出世
天地间，一个人举杯与天空对饮
王与酒，各得其所成就彼此

2022. 6. 10

红树林

河涌奔涌向海
浪潮反复拍岸
我在咸淡水之间
上下左右漂移
茫然不知去向

退潮的滩涂上
挣扎着跳跳鱼
大小悬殊的招潮蟹
还有一只只白鹭
我在滩泥上艰难站立

漂泊无依的日子
我只能疯狂地生根
生活从未给我咸淡的选择
那就通通都来吧
咸水，淡水，咸淡水反复浸泡
我的翠绿，茂密，日夜

在南海边，在过去与未来之间
在深圳湾，在东西交汇的节点
一个个胎生的梦想落在水中

终将长成一座饱含红色汁液的绿岛

2022. 6. 30

我看着一片叶子落去

从未如此认真地凝视着
一片叶子，平常普通的
却又是世界上独一无二的
我看到凹凸清晰的叶脉
如群起的山峰逶迤
如河流起伏奔越
有微细的斑点
有高光的亮点
还有虫子的伤害
一片叶子充斥着丰富的
喜怒哀乐

饱满而又趋衰的翠绿
挺膺而又坚持的叶柄
生命的代谢在无声地来回
如红颜容易老去
如英雄日趋暮年

世界喧嚣而又复沉寂
可曾有谁在乎一片叶子
它也曾在枝头起舞
曾以胚芽、鹅黄、草绿，苍郁地舒张生命

我的眼眶模糊，涵括叶子，连同世界

2022. 7. 3

在西塘邂逅她

青衫落拓
醉里倚栏看剑
悠长迷蒙的烟雨长廊
檐雨依依
行至此，浪子的心落锚
相伴西塘的朝晖落霞
斜睨浣纱的红袖
徘徊于温软的胥湖畔

我就是那青衫
八方舟楫，千盏灯笼
九条河道穿流而过
淌进心的塘沽
在千年的时光行走
户户临水，家家遇舟
枯萎的心在水乡温软地复活

水是脐带，是胎盘
孕育爱，孕育生命
走失了的爱情
在这迷蒙烟雨中
在绵软的时光里
邂逅西塘，乌篷船澹澹泛开

丽影双双对对，我顾影而立

我一个人，而我的心不再孤单

2022. 7. 7

我是鱼塘的一尾黑鱼

卧龙桥上，环顾四下
河流如织网
弄堂是一个个网眼
一个个迥异的相遇

狮子桥头，三河三桥交汇
过去，现在，未来
三生三世在十里烟雨长廊
在摇橹声中沉醉，醒来

水墨的西塘
白墙灰瓦，石径石桥
只有浓淡的黑白
把生活过滤得澄净简单
角巾素服，撑一油纸伞
一路行吟，走进烟雨
走进过往几十载
穿越百年轮回十世
临河把酒，我醉成西塘的一尾黑鱼

廊棚苍老，弄堂幽深
如网般的河流优哉游哉
没有颜色，没有故事

只有拉得长了又长的时光

2022. 7. 8

转　角

120 个弄堂
120 个你
在哪个转角遇上你
都是无解的数学题

104 座桥
104 个我
等了 N 个 500 年
等你从桥上走过

在乌篷船上探头
期待那三生的姻缘
莲叶低垂，鱼儿沉底
爱的梦呓没有人听懂

过去的你已经远走
未来的你正在走来
在水中央
我顾影自怜，生命是如此孤独

千百个灯笼掉在河里
河水嫣红，如脸颊
河水平躺着，陪伴着

却无声地远去

我在弄堂与你分手
又在弄堂与你相遇
在西塘的迷宫里
我和你和自己，一次次离别，一次次重逢

2022. 7. 10

在西塘日出而作

四野茫茫
春耕的蝼蛄
在混沌泡沫中争渡
而又不知往哪里去

西塘是被遗忘的一角
日出而作日落而息
简单，纯粹，透明的日子
我用半辈子挣脱土地
却又渴望亲近

田园的薄雾
河道的氤氲
让世界如此宁静
没有网络，没有通信，没有繁碌
在西塘日出而作
我种不了一茬白菜
就要匆匆离去

2022. 7. 10

大月亮的夜

日子是快消饮料
一批批上架，下架
生活变成碎片的信息
每天都在下载，删除
轿车在钢铁水泥堆里穿梭
又从钢铁水泥堆里出来

一个 WiFi 覆盖另一个 WiFi
而彼此的连接各不相同
同一个空间不同的隧道
错综纵横着各行其是

偶尔修剪盆景修剪自己
适用古典或前卫的审美欲望在血管奔突乃至冷却
血液在都市的铅尘中渐不纯净
货币如一光圈把世俗大面积地摄入
易拉罐堆积的冰柜，简捷的物流链
不再轻易开启认真的爱情
容易获取又快速耗尽的青春

大月亮的夜
绮美的虚妄，色空矛盾的对峙
流沙般地崩溃而去

狂浪般地汹涌而起

2022. 7. 14

陌路人

在站台
莞尔一笑的女郎
如阳光红色的火焰
舔燃了一个陌路人

有些画面，似曾相识
如原始森林中彼此
在动静中相互伺机狩猎
谁是猎人，谁是猎物

黑白分明的眸子
让人宁静，安然
如大象悠悠漫步于草原
麋鹿晃着大茸架踏过山冈
一只老鹰双翅静止地在天上盘旋

漫天的云霞彼此偶然相遇
离别却是必然的
你从未靠近我，也从不会离开我
对你，我没有企盼
这美好，因不可企及，更滋养回忆

2022. 7. 14

离　开

叶子的柄吸附在树枝上
离开，是宿命
是时间问题

果实离开枝头的时节
我离开家乡，在异乡
生根成长

回不去的家乡
再也攀不上的枝头
我在成熟，在衰老
一寸一寸地接近大地

那狂飙的少年远去
与家乡的链接缓缓地松弛懈怠

落叶归根是美好的
而我这片落叶在人世间飘转
将去往何方　离开
不断地离开　情感吸附的力量
越来越微弱　来了又去地离开
是时间的宿命

2022. 7. 15

梦　中

那条熟悉的小河
河水不见流动
一个小孩凫游了整个夏天
欢乐漫溢出堤岸

漫山的荆棘阻挡不了
赤脚的奔跑
野果，蜂蜜，鸟蛋
都是童年美味的片段

时光是饥饿的
饕餮了童年的日子
我看到了父亲
喊他，他笑而不语

饥肠辘辘作响
野果让我垂涎
父亲从没告诫我世间有锐刺、礁石、毒蛇、猛兽
也从不让饥饿的我把欢乐饱餐

父亲一如既往地沉默
哪怕在梦中

2022. 7. 17

暴雨中

青蛙踞蹲着
眨着凸凸的大眼睛
雨水敲打它鼓起的肚皮
没有什么声响
却溅起一泓雨花

芭蕉撕裂，破碎
树叶随雨点坠落
空气中闪着一道道亮光
垂直划割着天空
洪流在咆哮地汇聚
仿佛想切割田埂、山垄、大地

我在雨中来去
任闪电的利剑劈过我眉梢
雷声轰轰而来轰轰而去

2022. 7. 17

和　解

雨滴在檐角无力放开双臂
倔强地与自己和解
跌落了下来
在水中、地里被接纳，被融合

坚持与放弃并不矛盾
如同成长和衰老一样
都是在一个方向上前行
而只有婴儿对这一切
无邪地喜悦，欢欣地安然

雨滴的生命注定是多个形态
泪珠，丝线，雾状，或丝丝缕缕地撕裂
雨以柔软的坚韧应对生活的一切
接受生活的污浊，也接受自己的破碎

雨滴在阳光下升腾
檐角又挂着一只只精灵透亮的眼睛
仿佛看透了世间的事物
仿佛历经了几番人生

2022. 7. 19

舒　张

叶芽舒张开
托起一片翠绿
花蕾舒张开
绽放一朵烂漫
树冠舒张开
撑起一方阴凉

手掌舒张开
掬起一弯水月
双臂舒张开
拥抱整个世界
天空舒展开
捧起一轮红日

心舒张开
比天地更辽阔

细看一只蚂蚁
挥动着舒张的触角
忙碌着有重大意义的一生

2022.7.20

白云在远山那边浮起

清晨万物升腾
太阳浮起
光明拉开天空黑幕布
叶子睁开眼睛，花瓣缓缓打开

整装站在幕墙玻璃后
楼下的车流匆匆
行人都洗妆靓丽
一杯清茶在散发着茶多酚

一个日子鲜活地上演
不会再是昨日的晨曦
崭新的天空是灿烂的笑靥
白云在远山那边浮起

一支笔搁在案头
今天是忙碌的
倾尽腹中墨水也要把
生活加上深刻的一笔

2022. 7. 21

蝉　翼

与美女擦肩而过
蝉翼在大街上翕动
汗液，香水，荷尔蒙的浮动
一种无声的鸣叫响彻云霄

夏天是女人的 T 台
清凉了男士们的双眼
甚至，不放弃视线侧首而行
直到撞上了电灯柱

透明的衣裳像一对大翅膀
让女生轻盈地飘走在街上
从一个眼眸到另一个眼眸
收割了丰盛而灼热的目光

侧身穿过喧嚣蝉鸣的街市
我的步履匆忙
向着自己的花园疾奔
当然，我也欣赏了这季节的风景

2022.7.21

大　暑

三伏把热湿堆积至巅峰
天地是腾腾冒烟的蒸笼
萤火虫闪着怯怯的黄绿光
在腐草败花中寻找生计

这时节，土润溽暑
生长至盛，腐烂至盛
热蒸汽仿佛就要堕落
和人世间膨胀的欲望一样

欲望如海，人是萤火虫
一个巴掌掬起大海
在一捧水中照看蓝天
给炉火一份出世的清凉

2022. 7. 23

荒唐的公鸡

绛红的鸡冠竖立着
仿佛要滴出血来
旁若无人地剔羽，擦毛，蹭嘴
精心地打扮着自己
一只公鸡踱着方步
走出一副六亲不认的气势

开屏的羽毛抖擞着
膨胀的躯体夸张起来
向天高亢短促的几声短鸣
边转半圈边抖动着翅膀
变换着不同的舞步

看时机成熟，秀肌肉奏效
即用垂下的翅膀
拦住心仪的母鸡
邻家黄狗不解风情地冲过来
荷尔蒙爆发的公鸡落荒而逃
生活的某些景象又一次重演

2022. 7. 24

漫　滚

酒溢出杯外
世界是倾斜的
动荡出内心的狂野和不羁
是我们需要酒释放
还是酒需要我们挥发

往事，思绪，还有各种物质
在酒杯中漫滚
像一煲美味的汤
像一煲乌黑的药

岁月酿的
自己造的
最后都得
各自认领，一饮而下

2022. 7. 27

瞳　距

你我的瞳距曾经比自己的还小
微弱的距离间
我们都看不清对方
迷迷糊糊地爱了一场

爱是聋子瞎子
没有嗅觉味觉
只有饥渴的皮肤、灼热的激情、高烧的青春

而挥手告别而去
发现彼此不是对方的未来
也不是唯一的过去
那誓言是深冬的树叶
枯瘪而易脆

女儿指着照片中的你
问我是谁
太太在旁侧目以待
我微微一笑说，本来是你妈妈
没想到只成了阿姨
太太说，要是你妈就好了，我就不用受累啦
女儿执迷不悟地说
阿姨的眼睛好漂亮

我们的瞳距再一次拉近
穿过几十年的时空
我知道我们都已不再念顾过往

2022. 7. 27

离　火

火如一群猛虎向上奔跑
只有饥渴，只有欲望
火是虚的
在具象中入虚，由物质转向心灵
内心的焦虑、空虚，是无边际的荒原

火可以焚燃一切，化为烬土
诞生新的生命，剥脱新的形态
阳中的阴，看似宏大
实则虚渺
在天地相交阴阳交媾之际
各向两极分裂

离火生土，唯土地厚实
无数世纪的翻覆耕播沧海桑田
土地就在那里
默默地被踏平，深挖，塑形
深埋苦难，长出青草、树木
五谷瓜果
长出希望，又任人采摘
土地无言，一如既往的沉默夯实

2022. 7. 28

露　珠

松柏斜撑着厚重的翠发
抖擞的绿针呈放射状
每个针尖都极力挽留着露滴

此地是植物生死争夺的地方
要么就是深根入地
要么就被矮化在蓬阴之下
争夺土地、水源、阳光

一个物种的王朝在这里崛起
另一个物种的王朝在这里湮灭
一个将军挥剑冲锋
另一个将军血溅泥土
头盔，重甲上的锈斑如箭矢散落

皇朝与皇陵一起堆金积玉金碧辉煌
喧嚣的人生在地下也不宁静
把拥有的都带入地下
盗墓贼，怀抱金银却成枯骨

草木荣枯交替
露珠睁开眼睛
而阳光下却不知道藏在哪里

仿佛从来不曾存在

2022. 7. 30

闹市中

在孤独的围困中
想找个人品茗，下棋
都不合时宜，就一个人静坐
在午后的时光中，试试入定

广阔的绿地
坐行随意，躺卧无妨

想起她、他，还有你
都是城市里孤独的植物
在拥挤的黑暗中
寻找光，向往天空

想起爱，过去，
莫名地狂笑，流泪，唏嘘
绿地上有花
空气中纷纷扬扬散落着粉末

2022. 7. 31

我是地里死不了的葱

爷爷细心地拔着杂草
狡黠的我草也拔葱也拔
被爷爷赶去放牛
我看着漫无边际的葱地
呵呵一笑

不明白为什么爷爷要种那么多葱
除不完的杂草，收获时除不完葱上的枯垢
几乎耗尽我的童年
看别人家的菜园
瓜果飘香，彩蝶纷飞

爷爷说葱是最耐命的
旱不死涝不死
长势不好了，割去叶子种下去
又可以长出一茬来

到了城市，我才知道
我就是根葱，有时连葱还不如
坚硬的水泥板和冷漠的钢筋
从未给我半丝生活的水分
我死去过，我又活过来
我庆幸看过葱的命运

在烂了的根头反复新生

2022. 7. 31

乡村后遗症

饥饿的人儿啊
什么花花草草都是用来吃的
那蝼蛄、青蛙、麻雀、走兽
在过去的乡村，都逃不过被吃的命运
幼时的我听过饥荒的故事
总是在半夜里惊厥而醒
望着乌黑的夜，哭也不敢哭
担心自己也被吃

刚到城市里，初识的女友捧来一大束火红玫瑰
我坦率地问，可以吃么
当然这感情就被饥饿中止了

每到异地旅游出差
首先关心的是吃
有什么好吃的，吃什么呢
吃的问题落实了么
领导侧目微睨了我一下
从此再不与我同行

饥饿的日子少了，我才知道
还有好多好东西是不能吃的
字画，瓷器，家具，首饰，古玩

而我又想，又不可以吃

有什么用呢？

2022. 8. 5

故乡山谷

欢笑声还在山谷萦绕
是谁的童年在嬉戏
不是我的声音
细听，就是我的欢笑声

草香被阳光揉碎洒开
松树，桉树，马尾松
还是那么熟悉
仿佛我从未离开过
露珠映照透亮的山谷

山外，彼此陌生的面孔
人物两非的世事
只有山，还是山
又不是山，是那发小
是那牧童，樵夫，割草的村姑
是没有音符的牧笛
在山谷中飘远，又飘回

2022. 8. 6

血珀之夜

夜是透明的液体琥珀
如一杯斟满的红酒
倾斜溢溅出声色

路灯下独行者
地库里默默吸烟的人
半夜自顾的镜中人
都在另一个世界的门外
徘徊，游离，出壳，入定

虚空的恍惚，镜中陌生人的脸
惊悸的深夜
一只猛虎从镜中男人的印堂
迈步出镜而来

生活的肉身，时间的断裂带
灵肉分离未清的瞬间
那都不是我，都是错码的影像
那也都是我，时空的逆旅者

一个男人踩着刀锋
向观众招手

2022. 8. 6

雨　天

雨的脚步总是那么急
在大地上留下印痕
打破了芭蕉叶
一个个涟漪漾开
某一个平静的湖面
那个孤旅者是谁
低头踽踽走着自己的路

亭榭，檐廊，哪怕是一把伞
也是对世界的逃避
赤诚地面对一场雨的拷问
雨是堕落的，是低卑的
落下来就一直往低处流淌而去

独行在雨中，往高处走
往宽处走，往晴里走
命运的躲雨者有不一样的命运
有人遭遇一场雨后一生泥泞
有人雨过天晴，天高云淡

雨一直在下
行人来来往往

2022. 8. 6

紫　薇

她的花期没有你那么久
在分别的夜之后
就枯萎了，如蒙满铅灰的心
没有温湿，没有光亮

她也曾和你一样
年年生长又年年蜕皮
保持光滑细腻的躯干
触碰她的纤腰
全身就如树枝颤抖不止

那百日红般艳丽的青春
阳光下，绽放花蕾
吸引了灼热太阳一样的眼球
我仰望那繁花簇拥的窗口
不敢呼唤，偷偷地写我的十四行

再见，握她的手
还是和紫薇一样
坚硬的木质的手，没有多余的温软
我的手指划过熟悉的掌心
而她不再怕痒，纹丝不动

2022. 8. 8

发　呆

我在阳台上发呆
身旁的金鱼也是
都鼓着大眼睛
浮在时空中
一动不动

一切都静止了
流云，行人，空气
都在无声地固化
我的呼吸也停住
我是浮在时空河流上的一条鱼

静止是万物的宿命
天空的灰、云、老鹰
都会落下来，归于静止
鱼静，水也静了

一只蜻蜓轻盈地停在
我的后背上
又触动了整个世界

2022. 8. 10

高山云雾茶

但凡与我较无距离的朋友
都喝过我寄的这种茶
800 米高山上，原生态
无公害的有机茶

在太阳拥抱大地的清晨
还有一群男女老少
用手指肚掐断嫩鹅黄的茶芽儿
他们在阳光下分外耀眼
看着他们
我知道，喝茶人的福祉还在

2022. 8. 11

在长沙洗脚

湘江向北流去
夜总暗不下来
把脚交给别人的手
停止奔跑，让别人忙碌去

记得第一次带父亲洗脚
父亲有点腼腆地说
我在地里劳作辛苦
也比这帮人洗脚的好
我说，都是讨生活

生活都是用卑微找赎自尊
零钱般的日子被找来找去
不得安宁，只有慢慢拼凑起一个完整
有的人够数了，有的人还在拼

夜泡在温热的中药中
祛湿排毒，扶正辟邪
陌生的手和脚亲密接触
按点酥软的穴位
给疲倦的心灵短暂的抚慰

街上的行人

川流不息，来去不同的方向

如缤纷的霓虹

焕出光亮，或借着别人的光亮行走

2022. 8. 12

老　虎

老虎老矣
末伏的酷热一样
已经快要趴下去了
被阳光遮蔽的黑暗
在每个夜晚轻步走出

人生是一头老虎
出生，成长，壮年，衰老
万物也皆如此，周而复始
世间在循环的圆圈中流动

一个婴儿
对视猛虎的眈眈视线
咯咯嬉笑，扑腾手脚
面无端容，目无定睛
老虎不可言喻不知所措

人生，抑或就是
老虎或婴儿
在恍惚转换间
阳光挣脱暗黑

2022. 8. 18

绿叶从来不带一丝戾气

空气的纯净度
如傍晚的霞彩在下坠
那门口狼犬低趴的眼睑中
怀疑所有出入的人
仿佛满世界都是不义与邪恶

红花还是红花
绿叶还是绿叶
毛毛虫还是讨厌的毛毛虫
绿叶释放和平的光影
从来没有一丝戾气

看那雷电、暴雨、乌云
什么时候伤害到了天空
天还是那么高，那么蓝

在恶犬身边而过
我是一片绿叶
温和地善待世间的所有狰狞

2022. 8. 19

处 暑

一个节气终止了另一个节气
仿如一个王朝
所有残暴酷刑都废除了
五谷正努力灌浆
田里的老鼠是老鹰的牙祭
老鹰是天空飘扬的旗

万物都有止始
去年的秋天今年又来
在金黄的田野中行走
你就知道，这一切
都将荒芜，衰颓，新生，翠绿
就如你从那路走去
又从那路回来

灰烬中仍有新生
繁华中隐藏萧肃
天高云淡的一天
明晨露珠挂在草叶尖上

2022. 8. 23

继续发呆

天空是最丰富的
今天还有一只风筝
而陡峭的楼房向我压来
我的一个下午战战兢兢

仰望着天空发呆
我信任天空，信任这无常变幻
信任那脆弱的一根线扯着的风筝
甚于那近在眼前灿烂的笑脸

我的行囊背着利剑
那邪恶，那狰狞随时被剁碎
而我仍笑对着
我知道，这个世界
只有发呆才是最真诚的热爱
才是对丑恶最基本的尊重
才是对内心最诚实的守候

2022. 8. 23

停下也是美好

汽车的刹车失灵了
那一部车我再也不开

凤凰，从不因为少了一片羽毛而苦恼
王者，更不为得失一座城池而忧欢

疾速的汽车都是悲哀的狂欢
停下也就是美好
光，电，人生的幻影
停下来，喝喝茶，翻翻书
什么事也不做都好

2022.8.24

夜是忧伤的

三更醒来
城市还没入睡
说好的台风也没有来
我在阳台上点起了烟
一明一灭呼吸着
沉闷的空气

蹑手蹑脚地进出
仿如时光无声地远走

一个人的黑夜，是危险的
总有些幽深陡峭的思考
空调呼呼地喘息
此外，都是重重的沉静

想想别人，又想想自己
一个人闷灌了一壶酒
夜空荡荡的
什么也不是
而我仿佛被忧伤无声地咬噬
凉爽的冷室中溢出
两行热泪

2022. 8. 25

夜　归

左歪右斜的自行车
穿过明暗的街道
昏沉的涵洞
高架的立交
明暗在一夜走完

路边一对恋人
亲昵地偎依在夜色里
摆摊的小烧烤档
无精打采的小区保安
守候着夜归人的路灯

一个大呵欠
呼出了白天的浊气
一个深呼吸
打起精神堆起笑脸
敲响家门

2022. 8. 27

星　空

大地上几番起伏

还没平息

星空是那么宁静

仿佛什么也没发生

偶尔，一颗彗星

拖着一个长长璀璨的尾巴

消失在天边

霓虹让我看不见远方

烁眼的七彩光芒

让我迷茫，星空

仿佛在梦中

我伸出双手，双手也闪耀着七彩

我闭上眼睛，眼睑上也闪着亮光

我逃避，逃避霓虹

逃避星光，逃避我自己

霓虹还在闪烁

星空还是宁静

街市里的喧嚣

苍穹之下的空洞

一样的丰盈

我在喧嚣中莫名地空虚

2022. 8. 29

鲜活的晨露

太阳在远山、海天间沉没
沉没到黑暗中去
到另一个世界，去继续焕发光芒
而我们的视野中，仿佛
太阳每天都被黑暗浸泡

金灿灿的箭矢
一个个红色的光圈
放射，升腾，炙烤
凝固的汽车如结冰的河流
开始流动
小鸟啁啾，朝霞涌起

荷叶上的露珠
是泪滴，是欢喜还是悲伤
修剪过的黑松的伤口
自己涂抹了透明的凝胶
整个世界在自我疗愈

清晨给人间新生的时光
薄雾在慢慢消失
道路在脚下清晰

2022. 8. 31

站在明亮的落地窗前

落地窗开辟了胸膛以下的视野
甚至俯视脚下
那路上的行人、车辆、风景
一切都是那么的清晰
我一直凝视着
长久的凝视直到模糊

她没有在那个路口出现
没有谁会一直等待谁
时间也不会，无论对你、我、他
我在窗前无次数凝望
恍然发现幕墙玻璃上的我
已经双鬓灰白

窗外的，楼下的
一直在流淌
我如悬浮在时光的岸上
虚空把我吊在半空中
许多的人和云彩一起来来去去
而落地窗一直在那里
也如一个大眼眸
凝视着我

2022. 8. 31

在一座小城里游荡

走进青春迷蒙的岁月
爬上那小山坡
你背着画夹就走在我前面
看着路边骑着自行车快乐的情侣
感觉你羞涩地扯着我的衣角

山泉水一样的日子
那么透亮，没有任何杂质
我们的爱情，是那么的没有重量
在花季中迎风飘散

兜兜转转的小巷
广场那青苔鹅绿的一角
那破旧而又拆除的旧招牌下
都是你的身影
仿佛你我都未曾离开
仿佛还是廿五载前的时光

在小城游荡进梦乡
我如醉汉，如浪荡子
想找回她，找回青春
而这一切都已经远去
而我一直固执地认为

这一切都留在这小城

2022. 9. 2

抛　钓

在时间的缝隙中
我挤出微薄的空间
把一竿竹钓抛向
平静的湖心里

而后盘腿静坐
直到双脚酥麻
乃至没有痛感
我成山野间一个肉身的钩
钓扑面山岚，钓满塘红霞

蚕卧的山丘，泥土的芬芳
是我离家后深吞的饵
那钩深扎在我心瓣上
在岁月中时紧时松

鱼儿有没有忧烦，我不知道
上钩的鱼儿眼眶里有没有泪水
我们也从不知道

2022. 9. 3

月儿圆

自从我离开了家
月亮就成邮寄的月饼
小河边泛着亮光的圆盘
母亲睑下硕大而饱满的泪珠

绿豆糕，麻花辫
彩信笺，瓜子脸
古圆井，低瓦房
却是月亮上的意象

青石巷，晒谷场
青梅竹马的青涩
愣头愣脑的发小
月亮下都是纯净的人事

月亮倾泻下的光
洗涤尘埃四起的喧嚣
洗去霓虹，洗去乌烟瘴气
我在月光下清凉

中秋的月亮
把我一年饥渴的思念灌饱

2022. 9. 10

壁　虎

分别是刀割，是剑剜
痛是坚韧而绵长的
无穷无尽，痛淹没了
整个肉身的每个毛孔

决裂就是
壁虎尾巴掉下来
明明是血肉相连
却截然而断

那一种痛只有壁虎
自己知道
而在下一个季节
遇见壁虎
那个尾巴又完好如初

灿烂的笑靥
她拉着他的手
如壁虎的尾巴
自在地甩来甩去

2022. 9. 16

轻　重

那时候，什么都没有
如一阵风
吹到哪里就是哪里
轻轻的行囊
却也壮志凌云

出租屋里
一个床垫，一个电脑桌
也就八平方米
就用斋号八方斋
在那我敲出上百万字
别人却觉得斋号好霸气

当下
什么都放不下来
争夺，攫取了足够的繁华
而心里还是空空的
如蜗牛背负重重的壳
我们给自己不断叠加
沉重

在遥远的将来
在袅袅轻烟中化为灰烬

所有的重量都会失去
灵魂轻轻地
摆脱了躯体

2022. 9. 21

月　夜

往城郊，没有灯火
月亮长出阴柔的翅膀
翅羽轻柔地掠过大地
冻奶酪表面开始温柔
月光下
没有什么事物是坚硬的

月光漫延开
过去在晕泛地淡化
白天在缓缓走远
记忆的盒子打开又闭合
事物的咬合在松弛
模糊，乃至混沌

枝条谦卑地弯曲
烦琐的叶子低垂
露水抚慰着
树干也是柔软的

2022. 9. 28

晚　秋

季节的门虚掩
层林尽染，硕果飘香
就如老成又丰收的中年

九月的鹰
总是浮悬在天空中
而风，慢慢凉薄
溪水清瘦
菊花把后院开满肃穆

不悲不喜，就如那湖面
无波无澜，把天空印在心里

2022. 10. 7

年　轮

窗外
秋风的琴弦窸窸窣窣
在叙说，在倾诉，娓娓动听
这纷乱的尘世
暴戾，纷争，不公，抑或离愁

季节的几十个轮回
在脸上刻画，时间
的痕迹，王的心伤痕累累
而众生却乐呵呵地奔向未来
时间如一狡黠的猎人
反复瞄试枪管上透光的豁口

成长是个荒诞的童话
假如可以
一直如一婴儿
饿了就哭，渴了就喝
看世界，谁都一样
都是笑脸，都是美好

2022. 10. 11

秋　夜

梦带着蜂蜜和匕首
危险与刺激并在
如陡峭的人生

舔着玻璃边沿上的琼浆
诱惑是红唇中吐出
的雪茄烟圈，一次次
把我囚禁，又把我释放

一个女人的笑
如一灿烂的罂粟花
那魅媚的眼神
如蓝烟，让夜慢慢地邈远
又慢慢地压仄

在家之外
男人的归途都是危险的
有一位她守着孤灯
等待，醉归的他

2022. 10. 13

时间是个无耻之徒

时间把万物拿捏得
动弹不得

一个普通的木头，昆虫
越亿年，却成为珍稀的
琥珀

时间是个魔术师
从有变无，而又无中生有
把戏剧性揉进平庸的日子

把一切交给时间
它会把墨黑的炭化为
熠熠生辉的钻石
把鎏金深勒的碑文
化为松弛的尘土

在时间中
无耻和崇高相对无言

2022. 10. 15

故　人

如果这个冬天没有雪
我不可能想起你

夜里皑皑的长路
你的背影融入远方

如果不是凛冽的风
我也想不起田野的冰凌里
你红扑扑的脸庞
还有白痴一样的大眼瞳

如果我们堆起的雪人
都没有融化
那曾经的爱
就不会改变

2022. 10. 16

九　月

天空越来越高
几只老鹰和风筝
悬浮在天幕上
仿佛静止
一个湛蓝珐琅大碗
倒扣着

我躺平在山坡的绿茵
淡淡的清香
钻进鼻腔
天空无须仰望
云彩也一动不动

想起童年，父亲
还有往事
泪水无声地流入两鬓
往事就如天空，一直都在
或远或近

在一个离故乡遥远的地方
一颗心倏忽地游离
如泪腺，失控
把模糊的旧底片冲洗

清晰

2022. 10. 22

窗 外

把世界关在外面
天地间一旅人
该观照内心，还是窗外
烟头一明一暗
灰烬在缓缓松散

世界再大，也就我的心窍那么大
纷繁缤纷，也只在我黑白的双瞳里
心一浮一沉忽左忽右
日子只有白天黑夜

窗是内外相互窥探的眼帘
我往窗外眺望
窗外往我眺望
无数的眼睛也眺望我
我的内心，过去，未来
从清晨到黄昏
从天穹刺入大地
而我，还是伫立在窗前

2022. 10. 30

冬　雨

一个雨滴，不偏不倚
掉入檐下幽幽的细洞里
不比其他季节，横飞或斜滑走
冬天，仿佛渐渐把万物僵化

一个个雨滴在叠加
绳索锯拉着木头
简单，重复，有序
一切毫无悬念
不再有晴天霹雳
不会有倾盆暴雨

雨滴真实而又虚妄
仿如人的一生
滴下来
滴到无尽的幽暗中去

2022. 11. 2

奔　赴

爬上那座高山，仅为
怀里温热的这壶酒
数十载风尘云月
胸中块垒突兀，热血激荡
只为两个孤独的人
一起孤独

山陡峭，涧水寒澈
月明星稀，冬风仍是凛冽
世风还是那世风
逝去如斯

在山巅，独对坚硬的你
从认识你那天起
你的容颜从未改变
就算喝了酒，也无改色
我喋喋不休地对你倾诉
时而低沉，时而愤慨
时而激越

一个声音在山巅上响起
又在风中吹散
而谁也看不到

一个人，一壶酒
与一块石头
酣畅地对饮

2022. 11. 3

在华强北街头遇上狗尾草

这一刻
萤火虫漫飞上头顶
仿佛故乡把我拥抱
迷糊中，我成了色盲
看不懂路灯的颜色
只顾沿着盲道往回走

日夜分明的故乡
我的每一个梦都很沉
很清晰，都缓慢地醒来
泥土、谷物的芬芳
熟悉而又甘甜
我的每一个白天
都在黑夜中充分洗涤得透亮

叮当响的月光，鼓点铿锵的蛙声
古井里凫游着的金鱼
老寨木门的虎啸龙吟
一个个八卦的蛛网
鹅卵石的老巷子

我童年满满的意象
足以用半辈子诗歌抒写

在血液里，在毛孔间
在某一刻，仓促间
就涌溢出我的胸膛

离开，让家乡成为故乡
归乡，却是我一辈子走不完的路
我只能如一根狗尾草
摇曳在夕阳中的华强北街头

2022. 11. 5

生　活

背着巨石的人，叼着一朵鲜花
头上、耳边还插着羽毛
一个原始部落的酋长
赤足奔跑，徒手狩猎
却还不忘仪式感与诗意

迁徙的角马，悠悠迈步的象群
密集移动的蝼蚁
天空的乌云落下来
谁也逃避不了
月光，神曲，星河
都遥远而不可即

天地大得虚无
人间拥挤踩踏
负着巨石的肉身攀爬上陡峭的山崖
或许，那巨石成为领地的新界桩
也可能成为墓碑
而无论什么结果
都是渺茫天地间的一颗沙粒
吹起又落下

2022. 11. 7

取　火

笔尖反复擦拭纸张
没有火花，只有疼痛
我慌张，我惶恐
我害怕世间事物
稍纵即逝

无奈地张开五指，蝴蝶纷飞
把纸投入火中，仅得灰烬
把笔投入火中，火在熄灭
我在火中失去火
我在取火无果中沮丧

而魔术师的纤纤指尖却能弹出火苗
它飞翔，跳跃
魔幻地点燃火海
在水底照亮蔚蓝

我的笔还是擦拭着纸
我擦不出火花
却擦出多余的褶皱与伤痕
让纸辛酸得浸透泪渍

2022. 11. 15

模　糊

黑白在纸上分割成无数个
规则或不规则的平面
狼羊的毫毛在松烟液体中奔走
一个个线条在舒张，跳舞
在白中用黑定格自己的悲欢

柔软弯曲的毫端蹿出银钩铁划
蛟龙腾翻，云烟成雨
虚空的洁白在情绪的挥洒中
墨迹落定

从龟甲中，从骨头上
从竹片上，从竹浆中
历史的沙砾磨砥中
一次次脱胎换骨
一个个方块字从纸面上立起来

白纸上满是前人的旧辙
与轻妄的歧路
我把愚钝与陋拙在空白的纸上
暴露无遗
而在纸上，我，字，真实与现实

一样的模糊

2022. 11. 16

石 匠

石匠用一生释放石头里的囚徒
而又被石头囚禁一生
铁锤反复锤打在錾子上
多余的石片
纷纷散落，剔除，凿切
事情在石头上浮沉，隐现

在錾子下，石匠眼里
坚硬的石头柔软如水
千锤百打下，一个个物象
脱胎而生

石头上开出花朵
迸出乐曲，飘逸出芬芳
奔腾出马群，放飞白鸽
迈出一威武的猛虎

用心雕琢，反复打磨的生活
仿佛一切都是可以打拼出来的
而石头无常地裂缝
让一切破碎，如海中的峡谷
幽暗而又不可凝视
坚硬而易脆的时光

在錾子下纷纷散落，逸飞

石头在石匠手下破碎
却又因此获取生命的圆满

2022. 11. 18

一笑而过

牙齿的象牙白在两唇的分裂中暴露
仿佛脸上局部的风暴与地震
而连排的键盘，齐茬茬地闪耀
善意与旷远

种种机械利智，我并不谙识
无知给我带来天真的快乐
一如婴儿，元气满满
看懂了，看不懂
都一笑而过

陷阱，暗箭，流弹
哪有雷电、烈火、大风的力量
什么时候，乌云遮挡得了太阳
蚂蚁绊倒了大象，乌鸦咒死了雄鹰
都是荒唐者的幻想
看春风浩荡
百花齐放，春光烂漫

在雷电荒原上奔突
把星星放进酒杯
把白云纳入襟怀
我是樵夫

砍伐岁月的枯枝
那么多的腐朽易脆的繁荣
我是渔夫
我不捕鱼，只是把网
反复清涤干净
静坐岸边，笑看风云

2022. 11. 22

美好常在

譬如盆景上的青苔
衬托出孤寂
譬如女儿
舔手指尖的巧克力
譬如她，在时空中走去或走来
都是美好的

离别是日常，生死也分秒在发生
山在雨水中消弭突兀
石头在烈日中妥协坚硬
云彩在追逐苍鹰
有翅膀划过的痕迹

世界在无声无息地平复
哪怕地震、海啸、野火、洪水
大地的呼吸均匀而有序
没有暴戾，张狂，怨恨，哀叹

看不见一抹青苔的精彩
而它在阳光照射下
也尽情地绽放着绿意
如实地讴歌生活的美好

2022. 11. 23

我在半夜醒来

如雨后的清新
风暴过了的宁静
喧嚣的聒噪在沉降
街市如散场的盛宴
曲终人散

夜晚和白天一样
没有什么新鲜的事物
光亮与黑暗，声响与沉默
我如一黑暗河流的漂浮物
凝视着黑暗，又被黑暗吞没

在时间的中点
除了回首，就是远望
除了环视，就是内观
除了仰首，就是低头

黑色给夜温柔的覆盖
梦给睡不可拒绝的爱
生活给我冰火、黑白，还有调味剂
往血肉里反复灌溉
我把自己释放，又把自己囚禁

休眠的灯火，沉睡的妻儿老母
我在半夜醒来一笑
这笑没有声音
夜看不见，我看不见，谁也看不见

2022.11.25

空　杯

分别时，俗套地说起故乡
说起旧交，说起从前
尘世中，一个商人
怎么可能一尘不染

诗意早从我的体内流失
我就是礁石
接受浪花摔打过来的破碎
冷淡告别每一秒发生的事物
用自己的一个孤独杀死另一个孤独

纸的利刃，水的沉溺
吻与痛，舌头与牙齿
我的幸福多像幸福
把酒喝了，腾出瞬间的空杯
继续接受生活的斟酌

2022. 11. 25

初冬的白天大大缩短

那么多漫长的白昼
某个午后，某壶茶，某个人溅飞的瓜子壳
光亮耀眼，燃烧熠熠

某个影像
与故事里的情节
在生活中闪亮
电影回放或时光倒流
午后的茶壶翻滚打转

国泰民安的一池宿墨
浮现在纸上的兵荒马乱
内心从未真正太平

初冬的白天大大缩短
黑夜的另一方
是曙光的浮现

没有一个长夜不可跨越
没有空白，没有缝隙
就不是一幅水墨画
仿佛没有悲喜凄苦

就不是人间

2022. 11. 28

写诗就是上天的眷顾

譬如信佛
不是就去当和尚
当罗汉，去塑自己的像
如此种种，都是颠倒梦想
更不是非要建庙宇

安静地写诗
就是上天的眷顾
如此之外，都是虚幻难辨
把内心的块垒
瞬息的幸福或痛苦
写出来

吐丝结茧
对命运捆缚或漠视
都是一种力量

2022. 11. 29

泡　影

时间
用什么去消耗它才更有用
美好，燃烧，熔化，挥霍，抑或磨砺
如在水中
浸泡，下沉

美与用是统一与对立的
大与小也是相对而言的
譬如阳光，空气
无用而无不用
像纸钞，秽臭的味道却又让人趋之若鹜

毛草，石器，火种
桂冠，宝石，权杖
哪一个不磨砺着时间，磨砺着人心
而所有的这一切，又都沉坠到时间的深渊中去
最后泡影也没有

2022. 12. 2

乡　土

在故乡
曾烧起了冲天大火
仅仅是为了一把草灰

雨天里的甘蔗林中
我汗如雨下
周身甘蔗的茸毛和蚁虫
父亲笑看着我的狼狈
还是让我把那无边际的甘蔗剥下老叶子
再给培上土

我儿子至今也弄不懂
我为什么会跟一群麻雀过不去
在一个炎夏的正午
顶着个草笠，在晒谷地上左奔右突

我告别屋后的苦楝树
已经几十载
而饥寒仿佛从未远去
那冻红的赤脚
打得牛皮鼓响的两肋排骨
水牛连青草都没吃饱过

还是这片土地

我孑然伫立

四野茫茫

已经燃不起一堆稻火

2022. 12. 1

离乡辞

别逼我离开
我属于这祠堂
这小院，这狭窄的小屋
我就想当个封建小地主

把我抛向都市
腥臭的海风，夹杂着香水
我想我是陶渊明
我不想是柳永

做梦都想不到的拖拉机
却成了
现实中的奔驰
我在飞驰中
飘忽，晃悠，浪荡

看着我夹起落下的米粒
你看到的是卑微
我看到的是汗滴禾下土的兄弟
我感觉自己丰盛的桌面
多么奢华，多么空幻
如汪洋的水田

黄澄澄的秋后

2022. 12. 1

侧　目

满园的玫瑰都在凝望你
连同我的整个青春
窃喜的爱，如云雀
一直在山谷鸣叫
却看不到它的身影

荒芜的青春
只渴望种下两棵树
爱与被爱
而仅仅就只有渴望
而已

而渴望就把花园切割
一垄忧郁，一垄伤感
还有一垄百感蔓延

我仰起头
阔步地走
也仅仅只渴望你
一个侧目

2022. 12. 3

降 温

这个冬天
开始有了尊严
在无数人的轻薄之后

喝过的酒，滋味各异
没有两杯是同样的心绪
舌尖上都是温热的
而脸庞，冰凉似水

草莓一样的青春
美艳而又易腐烂
在鲜嫩的时光里
却经历最大的风暴
在那时，学会了
抽烟，喝酒
握手，拥抱
还有低头，原地踏步

在冬天
重温生活的技能
也不外乎
吃饭，睡觉
说话，闭嘴

还有，穿衣保暖

2022. 12. 1

旧　照

午后的草坪
青翠的我与椰子林互为背景
把那一刻时空万物摄入镜头
我眉宇间还满是青涩
而今那椰子树已显苍老

我再走到这草坪
没有那椰子林
绿草也已不是那绿草
我还是我，或我已不是我
不是照片中的那个我

翻旧照片总容易坠入
记忆的迷茫
很多情节已经走失
我甚至怀疑照片中的我
不是我的模样

时间抚平创伤又犁起沟壑
过去的记忆在沙漏般流去
连同现在也会逝去
我看着旧照片
模糊了双眼

而那椰林中的少年
风华正茂

2022. 12. 4

无　题

天空有两只眼睛
一个是太阳
一个是月亮
无论是白天，还是黑夜
老天都是睁只眼闭只眼
而就算只有一只眼睛
也永远都是那么雪亮

2022. 12. 4

留言条

还是有些话要说清楚的
以字为凭
我把对你说的话
白纸黑字

成败总有无数个理由
黑暗中期望光明
苦难如何把苦难挣脱
幸福的人仅因内心幸福而已

十七岁的我给自己的留言条
奔跑，永远不左瞻右顾
而这么多年，我也没停留过
从没有谁给我过
停歇的留言条

我能否再给自己写一个
不用走那么多的路
只要你自己开心快乐就好
不管风云，不管别人的眼睛
不用惦记什么留言条

2022. 12. 4

炉　火

二十年前的乌榄炭
烧起来依旧通红
夜露彻骨，炉火温暖
苦乐参半的往事
在红泥炉中啪啪作响

世界就是一个大樊笼
努力了半辈子
把自己困在一个水泥盒子里

炭火拥挤而温暖
炉子上的水在沸腾
一个古老的烹茶场景
复活了我的远久记忆
围炉煮茶的乡土烟气笼罩着我
被一群茶友围绕着
我用茶又给自己加了一个樊笼

乌榄炭火浑体通红
燃熄之后，只有轻微的白灰
火把炭里的黑释放
黑色的重量在黑夜中逃逸

温暖的记忆也在无声地离去

2022. 12. 7

大　雪

今夜无约，无以驱寒
仿佛人世间冷寂大片
大雪是个隐喻
或许提醒

其实今日阳光甚好
恰如母亲的抚摸
女儿印在我脸颊上的温湿的吻
美好，在身边荡漾

午后，好友来电
约酒，灵犀相通
以酒驱寒更具仪式感
亦更具实战意义
在大雪之日
在寒冷之冬
有些人可以相互取暖

2022. 12. 7

掌　控

初冬的月亮是拉满了的弓
弯得有点颓势，仿佛没有未来
拨满了的算盘，没有什么余地
沮丧了所有的盘算

算计者已机关算尽
黄叶缤纷落地
该赋予的已赋予
该收藏的亦要收藏

天地间都是过往
满满的都是舍予
这是一个和谐的天平
倾斜，而又平放

日月的替换
冷暖的秩序
没有过改变
而世俗的人，总以为
可以掌控人间

2022. 12. 7

孤　独

孤独是饥饿
饿了就吃书本，吃电影，吃角色，吃夜色
乃至吞噬肉身
还是饿得慌的感觉

孤独是麻木
对色相，对五蕴，对是非对错
对所有都是无感的麻木

孤独是狂悖
想冬天里的温暖
绝望里的喜悦，无知里的智慧

孤独是死后逢生
是冬天里的春天
绝望里的希望

孤独是黑暗里的一缕光明
绝望里的一丝暧昧
松开手指缝间
一缕体温和眷恋

2022. 12. 12

冷冬天

风是冷的
水是冷的
鼻尖、脚趾、挥动的手
和石头、钢筋、水泥地一样
没有温情

笔直的衬衣
光亮的皮革
呼着热气的供暖设备
羽绒服、热水袋、电热毯
用一双手捂另一双手
也挡不住人世间的冷

鹅绒被轻飘飘地浮在身上
身体的温度在流失
在冷冬天，要坚强，要保暖
紧紧抱住自己，自言自语，温暖自己

2022. 12. 14

冬阳温柔

世界一本正经地荒诞着
我还用分行的文字
宣泄和描绘无足轻重
可有可无的一丝情绪

那么多肉身在高烧的炙烤中
惶恐的人们来来往往
也放不下营生、名利、牵挂
向苦中行，向难中行，向水深火热中行

人生何尝不就是一场煎烤
拿起又放下
站起来又趴下去
如葡萄园的狐狸
吃饱了却在樊篱中再也出不去

夜再黑终究会亮
烧会退去，雪会融化
前方什么可能都有
而人生没有倒车挡

2022. 12. 20

冬　至

最长的那个夜晚就要来临
天会黑，天会亮
天黑就闭眼
天亮就启程
人生都是在黑白中往返

汤圆已经不是那个汤圆
吃不出过节的味道
年龄，年情，世俗都回不去了
冬至瘪瘦成一个符号
提示最长的夜晚来临

人世间奔走的人
今夜，都在找各自的药
治发热，治发冷，治贫穷
治心病，治情病，治癔病
人世间就是一锅药
到人间来，在人间寻

每个冬至都不同
每个冬至都一样
我把汤圆当药丸吞进去

但愿可以把混杂的内心澄清

2022. 12. 22

空

空才是最大的存在
纳万物，纳万境，纳大千世界
空则心中无事，空则心灵清净

空是无垠的大
如一没有边际的三维
把所有有形无形纳入其间
而也仅是空的亿万分之一

把包袱放空
把肉身放空
把心放空
神游太虚，灵逸宇外
什么都没有，而什么都存在
就是空的玄妙
就是虚幻与不虚

2022. 12. 24

岁末夕照

绮丽而又冰凉的夕阳
如无边的丝绸覆盖着我
滑腻而又没有温度
一阵风吹来
又扬起而去
把我裸露在寒风中

甜蜜的，悲伤的，沉闷的
各种交集
这巨大无比的斜阳，正在下坠，在沉没，在闭幕
痛的，乐的，回忆，欢笑，泪水也通通随斜阳而去吧

在明年的清晨
在东方的地平线上
我在黑暗中伫立
等着你热气磅礴地到来

2022. 12. 28

高烧的幻象

在分岔的隧道中穿行
忽而进入别人的生活
忽而坠入幻灭的爱情
童年的井边，青春的山冈
晚年的夕照，紊乱而混沌
清晰而又麻乱
如一瓷器上，道道錾上的痕迹

自由，了无羁绊的
光身赤足在原始森林中奔走
了无所想，了无所图
高热让每个毛孔充盈着张力
仿佛即刻就要爆裂
每个毛细血管都偾张着
透过血红的眼球
睥睨一切现实与虚幻

在烈火中，烟漫卷冲天
我踏着火把，走过刀锋
狂悖地歌着舞着
鲸饮着大缸的酒
喊着最粗犷的歌
末日的狂欢，醉倒的夜晚

醒来
淋漓而又冷却的现实
狂欢之后的虚脱
带一丝满足或懊丧的笑意
一个狂欢而归的浪子

2022. 12. 28

我和照片中的我合影

浮光掠影，现在和过去
定格了两个瞬间
两个我，熟悉而又陌生地站在一起
在时空的坐标
画上一个印记

照片中的我看着我
仿佛我不像我，我不是我
而是非对错就这样无可辩驳地
定格在一个画面上
仿佛两个我一起泅渡到时间的此岸彼岸

凝视是危险的
都是电流探索的触碰
眼底清澈的深潭
发出最温柔的波光
想起半辈子的悲欢
深潭就沉静了起来

我和照片中的我合影
迎春花却从窗外走了进来

2022. 12. 30

图书在版编目（CIP）数据

钻火 / 吴锦雄著. －－ 武汉：长江文艺出版社，
2023.11
  ISBN 978-7-5702-3312-0

  Ⅰ. ①钻… Ⅱ. ①吴… Ⅲ. ①诗集－中国－当代
Ⅳ. ①I227

中国国家版本馆 CIP 数据核字(2023)第 158495 号

钻火
ZUANHUO

责任编辑：王成晨　　　　　　　　责任校对：毛季慧
封面设计：李　鑫　　　　　　　　责任印制：邱　莉　　王光兴

出版：　长江出版传媒　　长江文艺出版社

地址：武汉市雄楚大街 268 号　　　邮编：430070
发行：长江文艺出版社
http://www.cjlap.com
印刷：武汉市籍缘印刷厂

开本：880 毫米×1230 毫米　　　1/32　　　印张：6
版次：2023 年 11 月第 1 版　　　　2023 年 11 月第 1 次印刷
行数：3682 行

定价：39.00 元

版权所有，盗版必究（举报电话：027—87679308　　87679310）
（图书出现印装问题，本社负责调换）